오늘도
함께 크고
있습니다

오늘도 함께 일기

DATE:　　　S　M　T　W　T　F　S

남편의 일기

오늘의 감사한 일

오늘의 한문장

위기의 순간은 여러 번 우리 가정에 찾아왔지만 결국 우리는 기쁘게
웃을 수 있었다. 왜일까? 남다른 선택을 굳이 하고, 뜻밖의 결과를
자주 맞이하면서 위기를 오히려 기회로 해석할 수 있는 트레이닝을
계속해 왔기 때문이다.

오늘도 함께 일기

DATE: S M T W T F S

아내의 일기

오늘의 감사한 일

오늘의 한문장

아이들이 진정한 성공을 이루길 원한다면 '인사'와 '미소'와 '경청'을
습득하게 하는 것이 최우선이라고 생각한다. 너무 당연해 보이고,
쉽고, 아무것도 아닌 것처럼 보이는 것들이다. 하지만 대다수 사람은
그 가치를 제대로 모르고 있다.

오늘도 함께 일기

DATE: | S M T W T F S

남편의 일기

오늘의 감사한 일

오늘의 한문장

경험과 환경은 물질과 달리 몸과 정신에서 분리가 되지 않고
평생 영향을 미친다는 사실을 우리 부부는 계속 잊지 않으려고
노력하고 있다.

오늘도 함께 일기

DATE: S   M   T   W   T   F   S

아내의 일기

오늘의 감사한 일

오늘의 한문장

부부가 서로 달라서 불편한 부분에 집중하기보다 달라서 좋은 부분들,
특히 육아나 사업을 같이 하면서 시너지를 낼 수 있는 부분들에
더 집중하기 위한 노력을 같이했다.

오늘도 함께 일기

DATE: | S M T W T F S

남편의 일기

_____

_____

_____

_____

_____

오늘의 감사한 일

_____

_____

_____

오늘의 한문장

어린 아들들이 100% 이해할 거라고는 생각하지 않는다. 그런데도
계속 이런 경험을 할 때마다 알려준다. 우리가 원하는 대로만 일이
흘러가지는 않을 수 있다는 사실, 그리고 그 속에는 우리를 사랑하는
신의 더 큰 사랑이 숨겨져 있다는 반전까지도....

오늘도 함께 일기

DATE: S   M   T   W   T   F   S

아내의 일기

_____

_____

_____

_____

_____

오늘의 감사한 일

_____

_____

_____

오늘의 한문장

'하늘은 무조건 주지만도 않고, 무조건 빼앗지만도 않는구나.'라는
생각을 다시 한번 하기도 했다.

오늘도 함께 일기

DATE: S   M   T   W   T   F   S

남편의 일기

_____

_____

_____

_____

_____

오늘의 감사한 일

_____

_____

_____

오늘의 한문장

늦어지고 있는 것처럼 보이는 지금이 정말 늦은 걸까? 아니면
지금이 우리에게 딱 맞는 시간일까? 이런 질문에 답을 하면서
우리는 서로의 속도를 존중하게 되었다.

오늘도 함께 일기

DATE: S   M   T   W   T   F   S

아내의 일기

오늘의 감사한 일

오늘의 한문장

살다 보면 매번 유리한 상황에 놓일 수만은 없다. 그 상황에서
누군가는 성장의 기회를 보고, 누군가는 상황에 휩쓸려 성장을
멈추기도 한다.

오늘도 함께 일기

DATE: | S M T W T F S

남편의 일기

_____
_____
_____
_____
_____
_____

오늘의 감사한 일

_____
_____
_____

오늘의 한문장

일부러 불편한 선택을 할 필요가 있다. 그래서 리더는 일부러라도
자신과 다른 생각을 하는 사람을 곁에 두어야 한다.

오늘도 함께 일기

DATE: S   M   T   W   T   F   S

아내의 일기

오늘의 감사한 일

오늘의 한문장

부모가 자신의 불안을 아이에게 전가하는 줄도 모르고 살지는
않았으면 좋겠다. 불안을 온전히 부모가 다 떠안거나 아이에게
전가하지 않고 행복하게 살 수 있는 부모님들이 많아지길 바란다.

오늘도 함께 일기

DATE: S   M   T   W   T   F   S

남편의 일기

오늘의 감사한 일

오늘의 한문장

사람들은 돈이 많으면 더 행복해질 거라 믿는다. 그럴 확률이
높아질 수 있지만 절대적인 상관관계가 있지는 않다. 아시다시피
돈이 많아도 불행한 사람은 보기보다 훨씬 많다.

오늘도 함께 일기

DATE: S   M   T   W   T   F   S

아내의 일기

오늘의 감사한 일

오늘의 한문장

오늘 보고 있는 아이의 모습 중에 어떤 모습은 내일 볼 수 없다고 생각해 보자. 그러면 오늘 아이의 모습을 더 사랑스러운 눈으로 봐줄 것이며 더 따뜻한 말로 반응하고 더 다가가서 아이의 말을 경청하게 될 것이다.

오늘도 함께 일기

DATE: S   M   T   W   T   F   S

남편의 일기

_____

_____

_____

_____

_____

오늘의 감사한 일

_____

_____

_____

오늘의 한문장

부모가 자녀에 되돌아갈 다리를 끊어버리면서까지 속도를 내는
아이로 키우고 싶지는 않다. 언제나 기다려 주는 부모가 존재한다는
믿음이 있다면 지금 늦은 아이의 속도는 아무런 문제가 되지 않는다.

오늘도 함께 일기

DATE: S   M   T   W   T   F   S

아내의 일기

오늘의 감사한 일

오늘의 한문장

'돈으로 해결할 수 있는 문제가 가장 쉬운 문제라고 했어.'
다른 문제도 아니고 돈으로 해결할 수 있는 문제면 오히려 낙담할
필요가 없다고 멘토들에게 귀에 박히게 들었던 내용을 멘탈이
나가서 잊고 있었던 거다.

오늘도 함께 일기

DATE: S   M   T   W   T   F   S

남편의 일기

오늘의 감사한 일

오늘의 한문장

한정된 시간에 사업도 하고 아이들도 챙기는 두 마리 토끼를
어떻게 잡을지는 우리에게 항상 중요한 화두이다.

오늘도 함께 일기

DATE: | S M T W T F S

아내의 일기

_____

_____

_____

_____

_____

_____

오늘의 감사한 일

_____

_____

_____

오늘의 한문장

우리가 원하는 행복한 가정을 완성하려면 지금 회사를 그만두는 게 맞는 것 같아. 같이 즐겁게 육아하면서 같이 돈 벌 방법을 지금부터 천천히 찾아보자.

오늘도 함께 일기

DATE: | S M T W T F S

남편의 일기

오늘의 감사한 일

오늘의 한문장

불필요한 경계가 많아질수록 비교할 거리는 넘치기 시작하고,
비교의 칼날에 베이는 사람도 늘어난다.

오늘도 함께 일기

DATE:　　　　 S　M　T　W　T　F　S

아내의 일기

_____

_____

_____

_____

_____

오늘의 감사한 일

_____

_____

_____

오늘의 한문장

아이들과 어른들의 시계는 다르게 흐르는데, 어른의 시계에
맞춰 달리는 아이들이 많아지면서 어느새 빠른 속도가
정상 속도처럼 받아들여지고 있다.

오늘도 함께 일기

DATE: S   M   T   W   T   F   S

남편의 일기

오늘의 감사한 일

오늘의 한문장

성격이 비슷해서 결혼했다고 해도 마찬가지다. 비슷한 성격 때문에
서로 안 좋게 될 일 역시 반드시 생긴다. 결국 성격 차이 자체보다는
그 차이를 가지고 어떻게 긍정적으로 해석하느냐가 중요하다.

오늘도 함께 일기

DATE:　　　　　　S　M　T　W　T　F　S

아내의 일기

_____
_____
_____
_____
_____

오늘의 감사한 일

_____
_____
_____

오늘의 한문장

시간이 가면 갈수록 새로운 결심을 하는 게 직장인으로서는 어렵다는
것을 익히 알고 있었다. 시간이 갈수록 책임져야 할 가족은 늘고,
회사에서 하는 일도 익숙해져, 새로운 시도를 하기엔 늦은 나이가
되었다는 불안감이 더 심해지기 때문이다.

오늘도 함께 일기

DATE: S   M   T   W   T   F   S

남편의 일기

오늘의 감사한 일

오늘의 한문장

어떤 성격이든 좋은 부분이 있고, 안 좋은 부분이 생길 수밖에 없다.
중요한 것은 그런 성격의 좋은 부분을 최대한 활용해서 적재적소에
맞게 살면 되지 않을까?

오늘도 함께 일기

DATE: S M T W T F S

아내의 일기

오늘의 감사한 일

오늘의 한문장

생각이 다르다는 건 누가 맞고, 누가 틀린 게 아니다. 오히려 다른 생각을 다양하게 접할수록 입체적인 정보를 가지고 객관적인 판단을 잘할 수 있는 여지가 생긴다.

오늘도 함께 일기

DATE: S   M   T   W   T   F   S

남편의 일기

오늘의 감사한 일

오늘의 한문장

경험을 같이 많이 공유할수록 대화 소재가 많아지고, 그것이
우리 가족에게 생길 다양한 위기의 순간에 큰 자산으로
작용할 거라는 믿음이 있다.

오늘도 함께 일기

DATE: S   M   T   W   T   F   S

아내의 일기

오늘의 감사한 일

오늘의 한문장

실제 중요한 것은 현재 확보된 돈과 시간의 제약 속에서 효율을 만들고자 하는 노력이다.

오늘도 함께 일기

DATE: S   M   T   W   T   F   S

남편의 일기

오늘의 감사한 일

오늘의 한문장

자기 철학이 없는 상태에서 얻어지는 돈과 자유는 손에 쥔
모래와 같이 금방 날아가 버린다.

오늘도 함께 일기

DATE: | S M T W T F S

아내의 일기

_____

_____

_____

_____

_____

_____

오늘의 감사한 일

_____

_____

_____

오늘의 한문장

가진 게 없고, 불공평하다는 생각에 사로잡혀 있다면, 굳이 지금
가진 것을 딱 한 개만 찾아보자. 그리고 굳이 그것 덕분에 감사한
부분을 발견해 보자. 딱 한 개만 찾고 그것을 매일 반복해야
무의식에 박히게 되는 것 같다.

오늘도 함께 일기

DATE: | S M T W T F S

남편의 일기

_____

_____

_____

_____

_____

_____

오늘의 감사한 일

_____

_____

_____

오늘의 한문장

현실에서 누군가가 비슷한 도전을 하고 있다는 사실만 알아도
불안감은 확실히 덜어진다.

오늘도 함께 일기

DATE: S   M   T   W   T   F   S

아내의 일기

오늘의 감사한 일

오늘의 한문장

우리 부부는 위기의 상황에 마음의 평안에 집중하는 것을
그저 반복하며 살고 있다.

오늘도 함께 일기

DATE: S   M   T   W   T   F   S

남편의 일기

오늘의 감사한 일

오늘의 한문장

누구보다 공정하게 계산기를 두드리는 것처럼 하면서 사실은
각자의 입장에서 유리한 계산을 하고 있다면 서로를 향한 잔소리는
절대 멈추지 않을 것이다.

오늘도 함께 일기

DATE: S   M   T   W   T   F   S

아내의 일기

오늘의 감사한 일

오늘의 한문장

서로 다르면 다른 대로 더 좋은 면을 같이 발견하는 노력이 필요하다.
달라서 오히려 좋은 부분을 찾는 노력을 통해 상대를 최고의
사업 파트너와 육아 파트너로 만들어 보자.

오늘도 함께 일기

DATE: S   M   T   W   T   F   S

남편의 일기

오늘의 감사한 일

오늘의 한문장

우리가 완벽한 부모가 될 순 없다는 사실을 기꺼이 받아들였으면
좋겠다. 또 나의 부모가 나에게 주지 못한 것을 내 자녀에게 온전히
채워주려고 자신을 몰아붙이지 않았으면 좋겠다.

오늘도 함께 일기

DATE: S   M   T   W   T   F   S

아내의 일기

_____
_____
_____
_____
_____
_____

오늘의 감사한 일

_____
_____
_____

오늘의 한문장

가정이 희생과 책임과 의무의 장소가 아니라, 오히려 성인이 된
부부를 안전하게 지켜주고 폭발적으로 성장시키는 특별한 공간이
될 수 있다는 희망을 전하고 싶다.

오늘도 함께 일기

DATE: | S M T W T F S

남편의 일기

오늘의 감사한 일

오늘의 한문장

내가 참으면서 힘들었던 만큼 상대도 최대치로 참고 살았다는 것을
받아들일 필요가 있다. 상대가 되어 보지 않은 상황에서 이렇게
판단하려는 노력이 정말 중요하고 관계를 개선하는 데 효과가 있다.

오늘도 함께 일기

DATE: S   M   T   W   T   F   S

아내의 일기

오늘의 감사한 일

오늘의 한문장

가사 분담 역할에 집착하는 것은 결혼 생활의 우선순위를 뒤집고
서로에게 잔소리를 하게 만든다. 부부 사이에서 합리적인 선택이
꼭 합리적인 결과를 가져오지는 않는다는 사실을 기억하면서
하나씩 확인해 갈 필요가 있다.

오늘도 함께 일기

DATE: S   M   T   W   T   F   S

남편의 일기

_____

_____

_____

_____

_____

오늘의 감사한 일

_____

_____

_____

오늘의 한문장

미루고 미루다 나중에 한 번에 누리려고 하지 않는다.
행복은 빈도가 결정하기 때문이다.

오늘도 함께 일기

DATE: | S M T W T F S

아내의 일기

오늘의 감사한 일

오늘의 한문장

인생의 여정에는 계획하지 않은 수많은 변수가 곳곳에 존재한다.
예측하지 못한 변수들을 통해 같이 성장하는 파트너로 가족들이
존재할 때, 가족의 의미는 더욱 크게 다가오는 것 같다.

오늘도 함께 일기

DATE: S   M   T   W   T   F   S

남편의 일기

오늘의 감사한 일

오늘의 한문장

너희는 세상 무엇과도 바꿀 수 없는 특별한 존재야. 너희의 존재
자체만으로 엄마 아빠는 이미 다 얻었어. 그럼에도 불구하고,
엄마 아빠의 부족한 모습을 많이 보겠지만 같이 웃고 같이 채우면서
우리 함께하는 동안 더 행복했으면 좋겠어.

오늘도 함께 일기

DATE: S   M   T   W   T   F   S

아내의 일기

오늘의 감사한 일

오늘의 한문장

실수하고 넘어져도 다시 일어나면 된다는 생각을 가진 어른으로
아이들이 성장했으면 하는 바람이다.

오늘도 함께 일기

DATE: S   M   T   W   T   F   S

남편의 일기

오늘의 감사한 일

오늘의 한문장

살다 보면 부족한 게 분명 존재하지만, 그 덕분에 반대급부로
얻을 수 있는 것을 찾아보면 분명 발견할 수 있는 것도 있다.

오늘도 함께 일기

DATE: S M T W T F S

아내의 일기

_____

_____

_____

_____

_____

_____

오늘의 감사한 일

_____

_____

_____

오늘의 한문장

일의 효율이 높기 위해서는 체력도 중요하지만, 감정적인 상태가
훨씬 더 중요하다. 아이들과 서운한 감정이 쌓인 상태에서는
우리도 일에 온전히 집중하기 힘들다.

오늘도 함께 일기

DATE: | S M T W T F S

남편의 일기

_____

_____

_____

_____

_____

오늘의 감사한 일

_____

_____

_____

오늘의 한문장

인생의 돌부리에 걸려서 우리 가족은 또 넘어지고 다치겠지만,
같이 성장하고 일어서는 역사를 매번 만들 것이고 이 역사는 대대로
이어질 것이다. 꼭 우리 대에서 완성되지 않아도 괜찮다는 마음을
먹으니 조급하지 않고 현재에 만족할 수 있었다.

오늘도 함께 일기

DATE: S   M   T   W   T   F   S

아내의 일기

오늘의 감사한 일

오늘의 한문장

한계가 있는 나의 정신력과 체력만으로 버티려고 하면 문제를
해결할 수 없다. 문제가 발생한 차원과 똑같은 차원에서 문제를
바라보면 해결책이 안 보인다.

오늘도 함께 일기

DATE: S M T W T F S

남편의 일기

오늘의 감사한 일

오늘의 한문장

실수하지 않고서는 성장할 수 없는 게 인생이라는 사실이다.
어렸을 적부터 실수에 대한 두려움을 너무 많이 학습한 나머지,
성장이 멈추는 선택을 하는 어른들이 늘고 있다.

오늘도 함께 일기

아내의 일기

_____

_____

_____

_____

_____

_____

오늘의 감사한 일

_____

_____

_____

오늘의 한문장

탁상공론과 관습에 의존해서 지금의 결혼과 출산 그리고
육아, 가정 경제 문제를 해결하는 것은 불가능해진 지 오래다.
우리 부부를 포함해서 현재 대한민국을 살아가는 분들에게
이런 문제들은 당장 내 발에 떨어진 불똥이다.

오늘도 함께 일기

남편의 일기

_____
_____
_____
_____
_____

오늘의 감사한 일

_____
_____
_____

오늘의 한문장

부모가 자신의 불안을 아이에게 전가하는 줄도 모르고 살지는
않았으면 좋겠다. 불안을 온전히 부모가 다 떠안거나 아이에게
전가하지 않고 행복하게 살 수 있는 부모님들이 많아지길 바라며
이 책을 채워가는 중이다.

오늘도 함께 일기

DATE: S   M   T   W   T   F   S

아내의 일기

_____

_____

_____

_____

_____

_____

오늘의 감사한 일

_____

_____

_____

오늘의 한문장

우리 부부는 최대한 공부 스트레스를 주지 말자고 합의된
결론을 내렸다. 그리고 아이들에게 경제적인 안정감과 자유보다
심리적인 안정감과 자유를 주기 위해 노력하자고 했다.

오늘도 함께 일기

DATE: S   M   T   W   T   F   S

남편의 일기

오늘의 감사한 일

오늘의 한문장

누가 봐도 대단한 일을 할 수 있어야 도움이 되는 게 아니다.
상대적으로 조금 더 나은 부분이 있으면 되는 것이다. 내가 무리해서
주변에 도움을 주려고 하면 오히려 제대로 도움을 주지 못할 뿐더러
관계를 망치는 원인이 되기도 한다.

오늘도 함께 일기

DATE: S   M   T   W   T   F   S

아내의 일기

오늘의 감사한 일

오늘의 한문장

어릴 때부터 실수에 대한 두려움을 많이 가지고 자란 사람은
나중에 성인이 되어서도 도전을 잘 하지 못하고, 안전한 길만
찾게 된다. 그래서 우리는 아이들에게 실수해도 괜찮다는 말을
자주 해준다.

오늘도 함께 일기

DATE:	S	M	T	W	T	F	S

남편의 일기

오늘의 감사한 일

오늘의 한문장

아이와 대화할 때는 최대한 아이가 답변하기 쉬운 질문으로
시작하는 게 좋다. 그 질문에 답변하고 나면, 그 다음은 무척 쉬워진다.
아이가 대답한 것을 바탕으로 또 추가 질문을 하면,
아이도 금방 몰입을 시작하고 대화가 계속 이어질 수 있다.

오늘도 함께 일기

DATE: S   M   T   W   T   F   S

아내의 일기

오늘의 감사한 일

오늘의 한문장

점점 자라나는 아이는 어제와 오늘이 180도 다를 수도 있구나.
그렇게 변화무쌍한 아이에게 한결같은 모습을 기대하고, 한번에
말을 알아듣기를 원하고 어른이 보고 싶은 모습만 기대하는 것은
큰 욕심이라는 생각이 들었다.